AF456512

14 février 1874

Exemplaire de Barre

VENTE

Du Samedi 14 Février 1874

HOTEL DROUOT, SALLE N° 9

TABLEAUX
MODERNES

PROVENANT EN GRANDE PARTIE

DE

LA COLLECTION DE M. C.....

EXPOSITION PUBLIQUE

LE VENDREDI 13 FÉVRIER 1874

Me CHARLES OUDART, COMMISSAIRE-PRISEUR

M. ÉMILE BARRE, EXPERT

IMPRIMERIE J. CLAYE
R. SAINT BENOIT 7
PARIS

CONDITIONS DE LA VENTE.

Elle sera faite au comptant.

Les acquéreurs payeront *cinq centimes par franc*, en sus des enchères, applicables aux frais.

L'Exposition mettant les Adjudicataires à même de se rendre compte de l'état et de la nature des objets, il ne sera admis aucune réclamation une fois l'adjudication prononcée.

CATALOGUE

DE

TABLEAUX

MODERNES

PAR

BAKALOWICZ, H. BELLANGÉ, BOUDIN, BRISSOT, COROT
CÉSAR DE COCK, DIAZ, V. DUPRÉ, DURAND-BRAGER, GÉROME
GUDIN, J. HÉREAU, KIORBOÉ, KREYSER
LONGUET, L. LAVIEILLE, LERAY, LANFANT DE METZ
MÉLIN, MICHEL, PÉCRUS, PÉRIGNON, PETIT
PH. ROUSSEAU, SCHUTZENBERGER, VEYRASSAT, WATELIN
ZIEM, ZO

OBJETS D'ART ET DE CURIOSITÉ

PROVENANT EN GRANDE PARTIE

DE

LA COLLECTION DE M. C.....

DONT LA VENTE AURA LIEU

HOTEL DROUOT, SALLE N° 9

Le Samedi 14 Février 1874

PAR LE MINISTÈRE DE **Me CHARLES OUDART**, COMMISSAIRE-PRISEUR
31, rue Le Peletier

ASSISTÉ DE **M. ÉMILE BARRE**, EXPERT
20, Chaussée-d'Antin

EXPOSITION PUBLIQUE

LE VENDREDI 13 FÉVRIER 1874, DE 1 HEURE 1/2 A 5 HEURES 1/2

DÉSIGNATION

ATTENDU

1. — Nature morte.

ATTENDU

2. — Figure.

BAKALOWICZ

3. — Figure.

BAKALOWICZ

4. — La Partie d'échecs.

BAUVERIE

5. — Paysage; étude.

BELLANGÉ (Hippolyte)

6. — Après la bataille.

BÉRAUD

7. — Nature morte.

BÉRAUD

8. — Nature morte.

BERNÈDE

9. — La Partie de cartes.

BONINGTON (R.-P.)

10. — Vue du Pont des Saints-Pères, à Paris.

BOUDIN

11. — Le Port d'Anvers.

BOUDIN

12. — Marine.

BOUDIN

13. — Plage de Trouville; aquarelle.

BRENDEL

14. — Intérieur d'écurie.

BRISSOT

15. — Le Troupeau de moutons.

BRUNSTADT

16. — Chasseur et Chiens; aquarelle.

CALS

17. — Paysage; étude.

CAPELLE

18. — Fontainebleau ; aquarelle.

CECCO (DE)

19. — Paysage italien.

CLAUDE

20. — Fleurs.

COCK (CÉSAR DE)

21. — Paysage animé.

COROT

22. — Paysage.

COROT

23 — Paysage.

COUTURE

24. — Portrait de jeune femme; dessin.

DARU (Louise)

25. — Fleurs.

DAUMIER

26. — Esquisse.

DESJOBERT

27. — Paysage avec figures.

DESJOBERT

28. — Paysage avec figures.

Pendant du précédent.

DIAZ

29. — Forêt de Fontainebleau.

DUMONT

30. — Le Marchand de bijoux.

DUMONT

31. — La Bonne Aventure.

DUPRÉ (V.)

32. — Vue prise dans le Limousin.

Exposition de 1860.

DUPRÉ (Victor)

33. — Paysage.

DURAND-BRAGER

34. — Mer houleuse.

DUVERGER

35. — Jeune Femme à sa toilette.

ESBRAT

36. — Vaches au pâturage.

FROMENTIN

37. — Bédouin; étude.

GASTON

38. — Bergerie.

GÉRONNE

39. — Le Temple de Pœstum.

GUDIN (Théodore)

40. — Naufrage en vue des côtes de Bretagne.

HÉREAU (Jules)

41. — Paysage.

JAPY

42. — Paysage animé.

KIORBOÉ

43. — Terrier danois.

KREYSER

44. — Raisins.

LANFANT DE METZ

45. — La Famille du pêcheur.

LANFANT DE METZ

46. — La Famille du laboureur.

LANFANT DE METZ

47. — Les petits Lapins.

LAVIEILLE (Eug.)

48. — Paysage.

LERAY

49. — Les Tuileries sous le Directoire.

LERAY

50. — Trop tard!

LERAY

51. — Figure.

LONGUET

52. — L'Aumône.

MARIE (Raoul)

53. — Chasseurs à pied.

MARILHAT (P.)

54. — Vue prise en Auvergne.

MARILHAT

55. — Paysage.

MARTIN-CHABLIS

56. — Paysage.

MATHON

57. — Paysage.

MAUGUIN

58. — Paysage.

MAUGUIN

59. — Paysage.

MELIN

60. — Chiens d'arrêt.

MELIN

61. — Chiens courants.

METTLING (L.)

62. — Nature morte; étude.

METTLING (L.)

63. — Paysage; étude.

METTLING (L.)

64. — Paysage; étude.

MICHEL

65. — Le Chasseur.

MICHEL (G.)

66. — Vue près d'Argenteuil.

MICHEL (G.)

67. — Vue des Environs de Paris.

MOLINS (DE)

68. — Relais de Chiens.

MOUILLON

69. — Paysage; étude.

MOUILLON

70. — Falaises de Pourville.

MOULINET

71. — Figure.

PÉCRUS

72. — La Lettre.

PÉCRUS

73. — Le Miroir.

PÉCRUS

74. — Jeune Dame jouant avec un levrier.

PÉRIGNON

75. — Portrait de Jeune femme.

PETIT

76. — Bouquet de roses dans un vase de porcelaine bleue.

RAGOT

77. — Femme à la Mandoline.

REYNAUD

78. — Saltimbanque; scène italienne.

REYNAUD

79. — Pêcheurs au bord de la mer.

REYNAUD

80. — Dessin.

ROUSSEAU (PHILIPPE)

81. — Les Cigognes.

SCHEFFER (ARY)

82. — La Veuve du marin.

SCHUTZENBERGER

83. — L'Alsace.

TANNEUR

84. — Pêcheurs au bord de la mer.

THOMPSON

85. — Saint-Valery.

TROYON

86. — Paysage; pastel.

ELVEN (VAN)

87. — Venise.

VERBOECKHOVEN

88. — Marine.

VERNET (L.)

89. — Le Relais russe.

VERNET (L.)

90. — Le Pâturage.

VERNIER (Émile)

91. — Une rue à Fontarabie.

VEYRASSAT

92. — Chevaux à l'abreuvoir.

VEYRASSAT

93. — La promenade du Curé.

VIBERT

94. — Dessin à la plume.

VOLLON

95. — Paysage; étude

WATELIN

96. — Paysage.

WATELIN

97. — Paysage.

WATELIN

98. — Paysage.

ZIEM

99. — Paysage.

ZO (ACHILLE)

100. — Figure.

PARIS. — J. CLAYE, IMPRIMEUR, 7, RUE SAINT-BENOIT. — 1858.

www.ingramcontent.com/pod-product-compliance
Ingram Content Group UK Ltd.
Pitfield, Milton Keynes, MK11 3LW, UK
UKHW022153260726
13993UKWH00005B/2347